觀堂遺墨

卷之下

手教及明刊史記二本謹閱悉此南雍修補白鹿洞書院翻南雍本惟柯刻史記序中曾一及之昔人均未見過至可珍貴明南雍大中小三本大字即翰怡所刊中字乃大德饒州本小字疑即 公所藏十四行廿五本与中统本同源今見此書乃知南雍又有此本陝學稱碑林南監真可稱書林矣此書萬不可不收專此敬復

孟蘋吾兄 國維再拜 初四日

又此乃白鹿洞翻南雍本因前第一本有李獻吉讀乃正德中作在景泰吳序之後之所翻即中字本 又申

非晚一校佩服知拙刻校正頗多（但字韻某氏堂矣）並原本不誤而拙刻誤者亦有數字又萬玉堂本乃明人所加非宋本原有也 又申

手書敬悉草窓韻語明胡元瑞所見者但云集名聊寫其中詠琵琶一首甚佳今韻語中有此詩則元瑞所見即是本矣專復即請

孟蘋吾兄先生著安

弟 維頓首 廿八日

連日感觸前脫傷風小作寒熱至昨乃大熱今熱已退
惟感倦耳明日新銘欲開擬由滬道行可以多帶物且
雪翁撫
將休息葉本即携以自隨不怕旁達矣日不能
趨賀至歉拔稿一束岸上刷拔已畢惟十五十六
兩天尚未覆校此事深為煩
只不忍再寫校矣貴吉此行請
孟蘇兄為我並賀
大喜
緘莊兄之道賀

再啟者新銘定明晨開今以今晚上船因感冒未盡愈
至得之舜甚勤 初廿日早 中

季蘋吾兄先生台鑒臨行前兩承
惠餞並荷
盛餞感謝無既 弟感冒二日上船即愈於十三日到津十六日入都二十
日就見部到差現在尚無庵之人直係四人到齋再定如何入直尚須之
都中所住金居甚廣敞現已在覓屋須覓得後即擬遷入寓所
此帶作事書箱當已運到候房屋定後並得再取並請
蘇州為荷 孟劬數日後即將南下現 弟初到忙碌未將謝函均未
及作晤諸友時祈代達 致意為感 北方所出食物極貴又內府初屬人
所寫敕書業已照相設非切要又非應致真本書也尚須用價格按市價傳
宗前書去其選而取之估價不能視之則擬與購之書而值不過千元左
右耳再非往前物之耐典信諸傳諸散稿
握安不一 弟緯頓首 廿三日

孟蘋吾兄先生有道前接
手書敬悉一切辰維
起居多勝爲頌南方淫雨想已晴霽不知能不損禾稼否
此間自六月以後下多大雨雖因五月以前半年苦旱故農
民頗以爲喜 十一月發動舊恙阿米巴赤痢由西醫注射
兩次而愈 此月中旬初起日使館晚餐食冰西瓜稍多乃復
發作 現[illegible]出而須注射一二次乃可不發耳
尊處書目頭人寄來已排就(御)諸惟爲有約二十種望乃歸類須

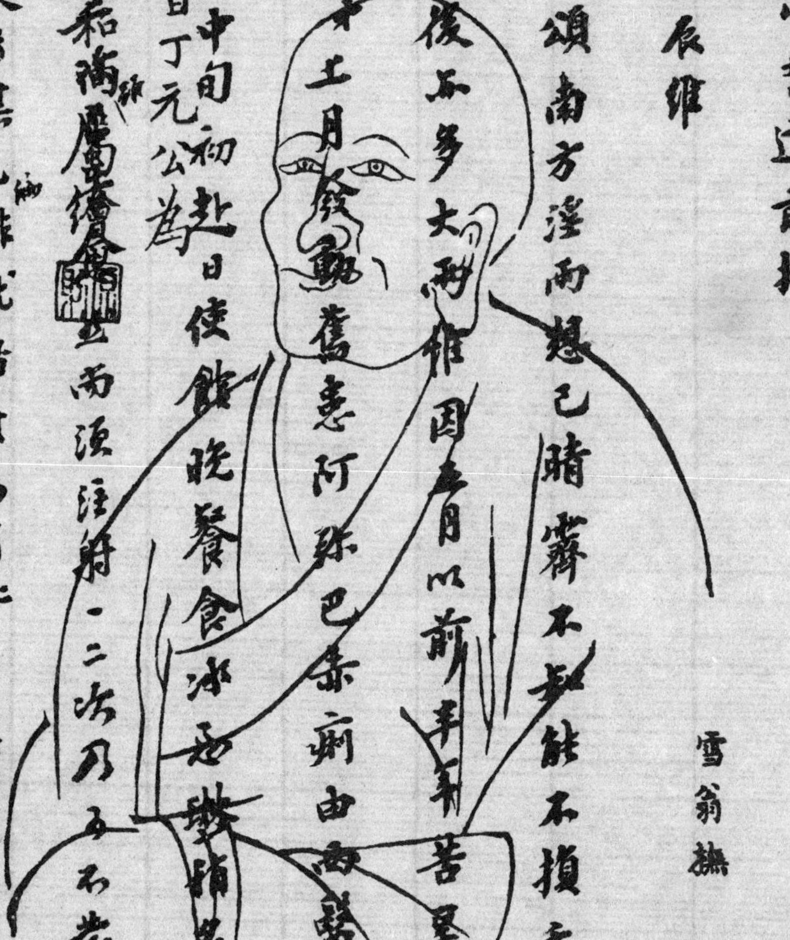

檢閱人直士題名若題名所宜者則置之每朝之後可耳
尊刻書籍在京見有鈔校等本當代亦理不過撰經所云
揆經所用之禮君只今領亦不過與饒星舫等此某君右下男人
寫仿宋字之某君不知說爲該寫者耳 該有懇者比擬塵上
家信知哈園五月作葬如到時月十二四尚未送至寫 余以此月上旬送
擬請 託 於本先生代詢因此款園是交情上事未便
催詢但弟行時已計入預算中現家廣亦無最爲弟家
故擬託 至六月之說並未致處則請其
早送 最爲好費 神至感又哈園下月生日弟擬送一壽聯

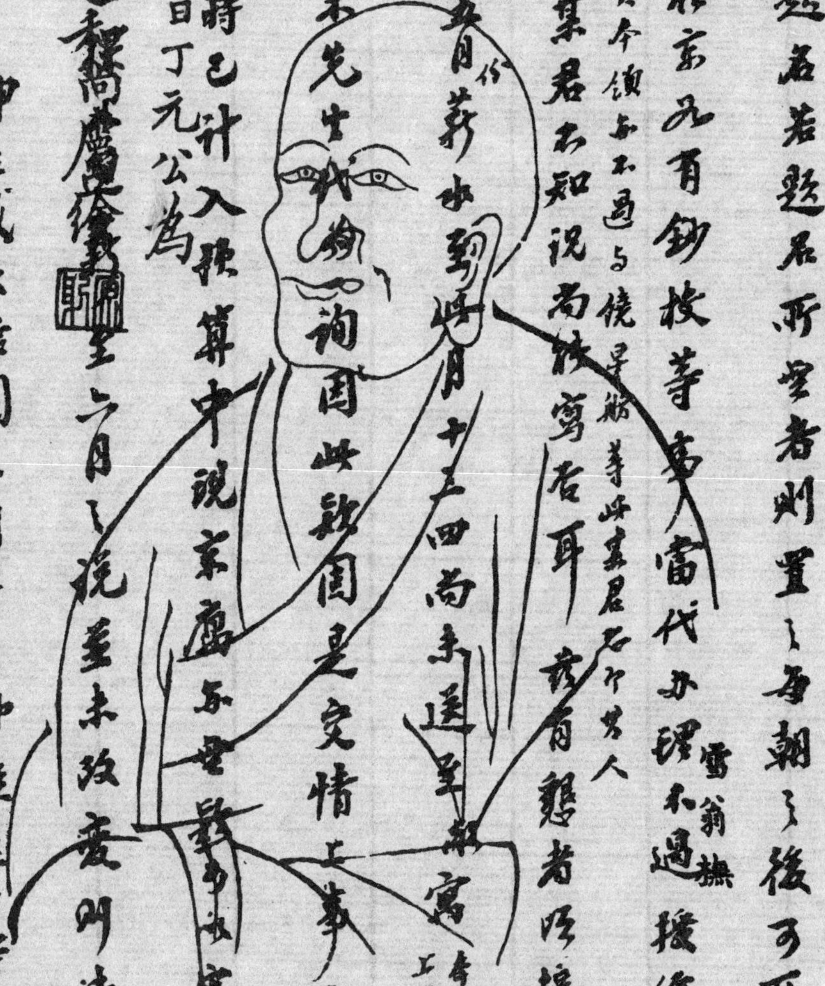

擬請 代購錢二元之泥金七言聯並請

大筆代書爲感 欣木先生一書均乞轉之頌讀容兄時涵

晉多齋敬請

擬多乞一

稚兄均此

欣木先生乞代致候

弟維再拜

書 亥 疑來

復丁篇擬續黃

王國維拜祝

孟蘋吾兄先生有鑒：頃接廿三日、兩次

手書，敬悉一切。承

代籌畫一切，感何可言。哈園薪水既送兩月，則三箇月之

說當無問題。敝眷仍擬於七月杪入都，因兩處開銷，浮非

久局，而現在局勢亦不能過圖穩便故也。此次如有戰爭，必在東北

或南方，京師不至當其衝，至於欠餉過多，或有變故，亦尚不至波

及。措大

兄函所謂居京師之人不甚介意者，實有此心理也。

忘樣集新

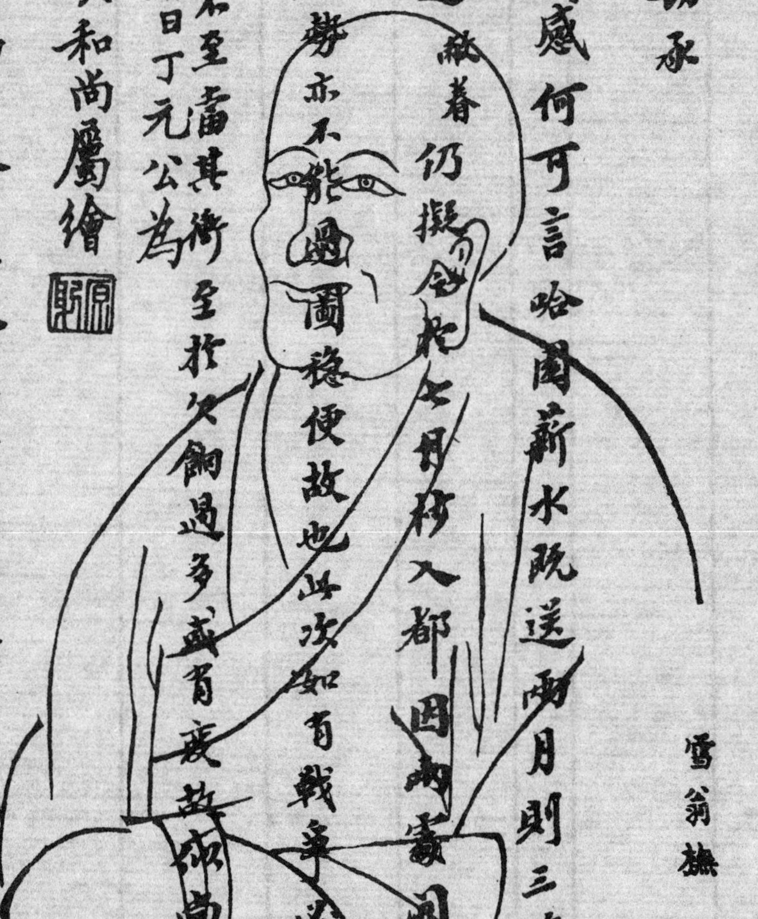

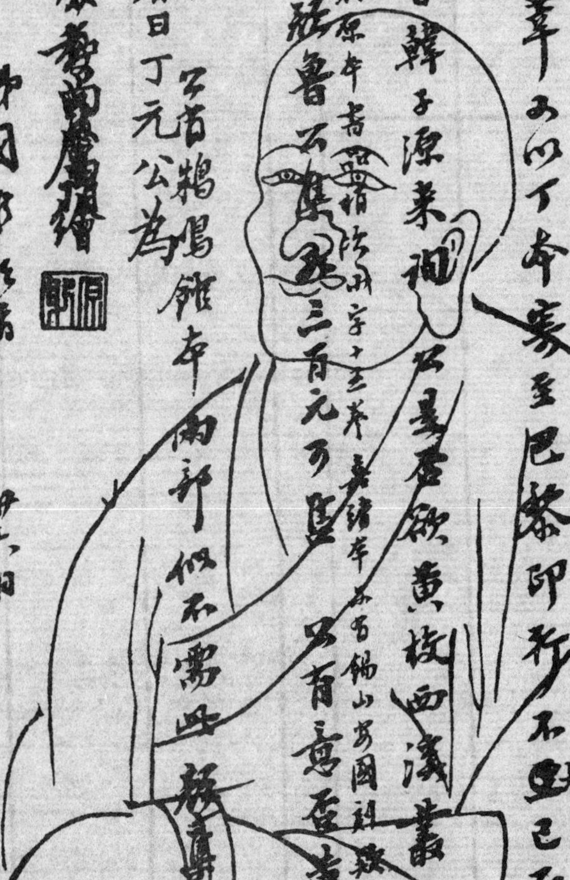

定志已交授經，則寄京付寫，寫就如當校勘，乃全寫手送至
敝處再寄滬覆校，則原本與寫樣當不至有誤差池，皆遠
德武園弟桂華如以丁本寄至巴黎印行，不必如已長生書
公見之否？前日韓子源來詢（如桂城原本書石晉揩陟所字十三卷，嘉錦本，不當錫山安國銅聚珍乃經許字本也）
堂開雕字本魯石集三百元可售，公有意否？
以是春欲黃校西溪叢語又全（黃校叢語）
擾鶉鳴館本
乃還一信，蒙承寄閱，擬借
勘另鈔一部，似不需此，擬寄如有去
撰安。不乙。　弟國維頓首
　　　　　　　　廿六日
敬承先生前道謝

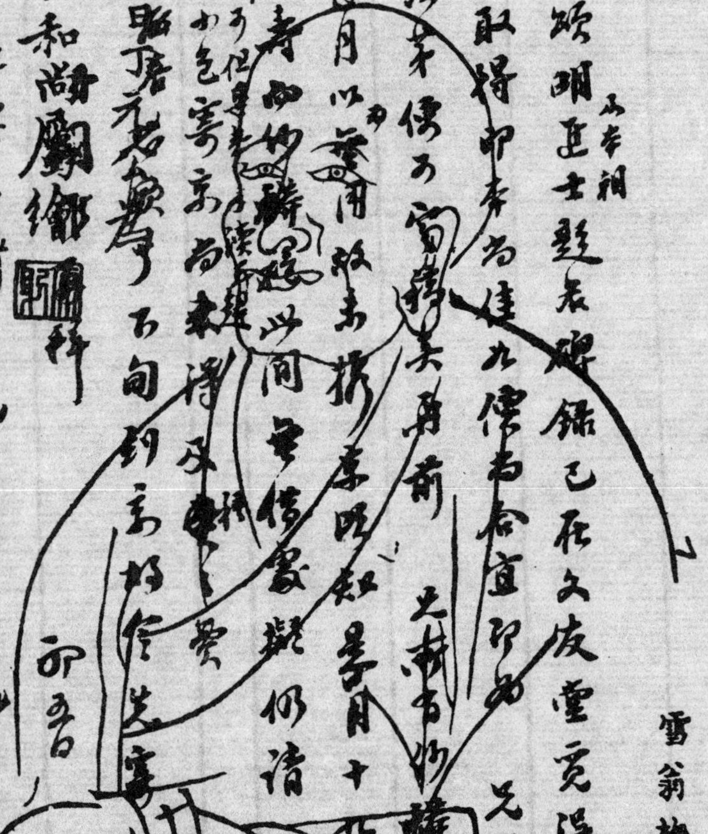

孟蘋吾兄有道：前日上一書，想達
左右。敬維
起居佳勝為頌。明直士題跋碑錄已在文友堂覓得一部（又本相），細三
日內可將全書取得，即奉為佳。九傳本合直印如見購了得此書，
則明人集部洽茶備乃覓得其再前。又新市仍袍一件，本
因乃壽在今月以蒙賜敘書，擬奉呈，敘壽月十九日首去祝
生日，請之為壽，如何？幸賜此間無傳家，擬仍請檢出交舍下
由合州全請下撥付，代寄京，尚未得承覆
神吾兄春賜丁君元君為乃旬到京，所之手肅敬請
撰安。不一。[illegible]拜
敬春祈時照須尊家接濟，[illegible]元因接家信，知[illegible]費不少，奴
也。晉身了後[illegible]
　　　　　　　　　　初五日

孟蘋吾兄有道：昨奉
手書，敬悉一切。仙蝶飛已承
飭寄，則五六日內當可到京，感荷〻〻。
澉齋大約二十左右北上，行李等（金閣有人照料）護送，似可不需，因天津
有人迎接，不至有費事故也。北上之費豈意〻中，此月恐須通志借（二十日）二百四十元，
此款已由　孟劬送至舍下，殊可不需
公處撥付，如尚有不足，當令（舍間）通知
尊處也。明道士及國朝進士（全乾隆以後）題
名碑錄已購得，價洋六元。此書坊間頗時有之，而壞板甚多，印亦模糊，有
一二壞板，然已為補佳矣。新書公文集並不完，失印亦不甚佳，大約可還直二百元，此
書　公北上時想必為在，不至甚多之說，然在五月中當（依）訪一次，未過而還，亦未
來（然不知其確實）。姑望今為未見面，近十日內成魏石經殘一卷，擬寄當修
整。　公之書目（現已得明進士錄，即可定稿）一並作序跋，大約
公北來時必可告竣，其目可携歸矣。北來後（筆墨）應事上，些謂之應酬諸帖，弟最不
耐，書並已書扇面二三十柄，此無暇讀書之事也。專肅即請
撰安不一。
弟維頓首　十一日

孟蘋吾兄有道：兩寄仙蝶衣已于十二日收到（快甚），感荷之至。最
接
手書，敬悉一切。來文精騎可謂秘笈，不知出自何家（中間源傳不知歸何所）。
公舊藏詩準亦延令季氏物，而均不全。南方亦有無名藏書家，
不可盡知也。（純）鼎氏家語行數與百川學海正同，疑華氏覆刊之
前已有他刻。弟前藏正嘉間刊本一部，十行二十字，前人均未
見過，乃見明代此書蓋有數刻也。月（？）接經來，此已數日，不久
即南歸。渠言本年〻盛明鼎劉兼來甚喜，可以寄歸修印，
但不知能如其言否耳。專肅即請
撰安不一。
弟國維頓首　十二日
兄之聚書經歷，望暇時記出，石駒（？）頭碑以為作跋材料（尤是），座處殊親（？）貴陳（？）

孟蘋吾兄先生有道 頃羅原覺來持 高宗御書海南高節
四字横額乃來 尊藏袁為高卧圖引首上有臣吳榮光(雪翁樵)跋藏
臣潘延齡二印依印已摩去 原覺留此謂 尊處亦以贈 不者
俟有便帶上 接家信如弟(?)冬文翁送叔康南先南海園蔡來
已屆叔康將 尊珍簠作簋貴行時攜去為需百元存石濤家信
後當再函達一切報
注感 聘酉春 猶呼難讀為
撰安不乙

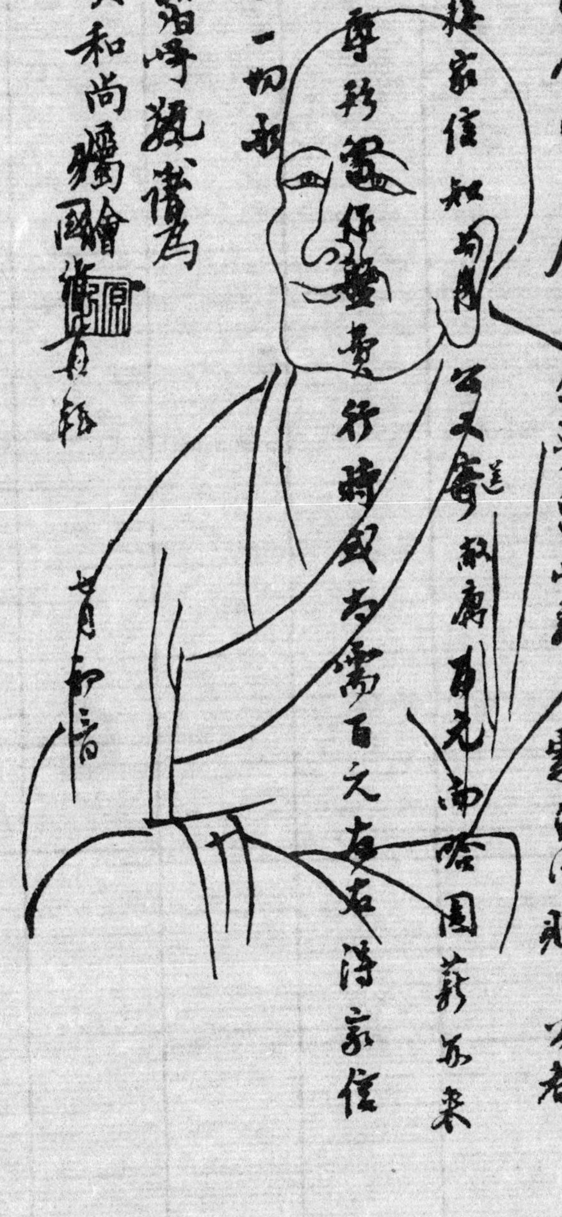

孟蘋吾兄先生有道前奉書想達
左右比想
起居多勝當如遠頌 燕春已於初七日到京在滬諸事結束
用款甚多初謂通志之款可以敷用及行時仍覺不給乃由他處
通融現湊還此款請 尊處付壹百伍拾元交拋球場冠摩
坊華豐顏料公司陳枚孫收為感 年 尊處六百元之薪已盡取
用矣北方金石之品日出不窮而書籍不聞有異品批之每聞印諸
撰安不具 弟 作 頓首 初九日晨

西諦吾兄有道：前日發一函想達
左右。近晤寶瑞老，知白帖出於陸文襄家，文襄書已售罄，此
書乃從湖北學堂講義篇中覓者得之，說售以二千四百元。
購之。京所圖書館最之久，廈兄報紙前日作函問森
玉，未得其復，或集在謄清中，弟未之知也。此間天氣已
寒，每晨有薄冰，南方想尚不至此也。專此敬請
撰安不一

弟維頓首

十月二日

前函未發而森玉來，同至京所圖書館，現歸最之不買票而
人尚未觀北洞之藏，取出一閱，乃陸存老送南學之本者屬
乾嘉舊鈔，存老以朱筆校，所據似係宋本。圖書館所有
此鈔本，别無宋本也。如欲校，則請將原書寄下，託
經森玉介紹，則隨時可往校也。匆匆肅請
撰安不一

弟維又拜

初二日

孟蘋吾兄有道：昨接

手書，敬審北硐集二冊已收到。弟爲題此書文字，俟遞在惠洪諸人之上，而參

寥相儗誠爲雙璧，更喜俱有宋本，可與雪蕉艸窗同觀也。敝集已見樣本，更

爲歡喜。滬上欲贈書者，如雪老、古老、藩盦、孟劬等均已，以至好餘而不記有他人。

惟此間需得三十五部，方敷分送（內十部乃在仿寄滬外者），俱用普通本可也。其連史六開本，專意

敬乞二部，其一以進呈，其一自留，種種拜惠，實非言語所能謝矣。前日書言唐某

宋元七十家詞事，其價離奇，實無從說起。請 公以數行近答之詞見覆，即

可以了此一公案也。北遊事，觀國事不果，則相見殆在明春。此間早寒，今日

得雪寸許，而方降未已，或可降至明晨也。售書之事，商務中華均有偉例，大

奇佳算不時時之舉，誠如 尊諭，他處亦未必能勝。此間有王富晉者，专以代

售家刻書爲業，其店甚爲發達，信用亦佳。他日有便，當詢售書之家，乃得其

（其言所刻書均由其代售，因歷辦熟恪有年）

詳，再行奉聞。专此奉覆，敬請

撰安，不具。 弟振玉頓首 廿日夕

孟蘋吾兄有道：昨覆一書想達

左右。昨晤 雪堂知伊處寄書有時由富晉自取，有時寄去則歸寄。若

自理，又晤 森玉，森玉言伊有書鋪可以代理，折扣可比富晉較小，然

平心言，大學售書可代經售，惟森玉所介之鋪並無店面，而在胡同中，而

大學售書於學生，自較他處爲便（如使），惟歸款之事，不及商人之易於督責

一切。請 兄自酌之。天津則 雪堂之貽安堂書鋪（天津法界秋山街嘉樂里中）可以代售，請兄寄十部。此

書來寄又得廿六日 手書。富晉主人即若王富晉，其店在楊梅竹斜街。

其人彈力精幹，初以寄售書爲業，年來甚爲發達。惟折扣太大，日內當

以電[書]報之，若八折可做到，則可寄，希與彼書賈之款可指定。
一館所分可每月付之。北顧集，圖書館所藏陸年，與頤文要詩
四庫本無此十卷，不識世間尚有足本否，此人詩亦佳，恐不在余寧下。
此江浙閩事，遠從者及北伐之多，又因軍興兵革，乃皆若湖南廣
東則習為故事矣。兄近狀更為掛念，閱任太多，勞心太甚，
祈善自遠釋爲荷。專肅，即請
撰安。　弟　錫頓首　十一月朔

孟蘋書尤有遺，前寄一書想達。左右王富晉近赴津，今日始來，云渠處寄售書籍
大都四七折，交帳此間則渠可以八九折出售，又云書帳逢節一結，因買書者亦多
賒帳，若售出甚多，亦可先付款云云。又多擇佳之書，亦由渠寄售滬上，如西涇陳
主癸之書及其佳研近亦至上海，惜不知　弟等有售書事，故未及之。兄處云
之貴條件以此乞　可酌定。江浙形勢近稍緩和，想一二月中不至有事。近
從沈姑借得宋刊水經注又一種，潛夫校本，舊皆不全，實是罕秘，宋本已校
十卷，祈勿聆知。略之，永樂大典本實從宋本出也。沈財方與印照同涵芬書目，
將來成書必可觀也。專此，敬請
撰安。　弟　錫頓首　初九日燈下

孟蘋吾兄有道：初十左右接
惠書並北硼集二冊，敬悉一切。因稍有應酬，繼以風沙，甫於十八、二十兩日往圖
書館將北硼集二冊校畢，今由郵局挂號寄上，請
察收為荷。陸本卷八末並有諸慧悉極佳，華亭北禪一疏而目則無之，蓋宋
本仍未增入耳。吳遠首二本並動以意改者，大概皆是，稍有一二字不合者，已
注改。陸本訛脫者多，校出另紙呈以補。此本之誤，其書中有某字恐
自宋本已然，未必盡出寫手，刊時應改與否，請再酌之。聞
台從不日北上，前津友言，丁君居已病，弟在津獨[illegible]寓所，想今寓不遠，
甚為悵惘。家世兄一紙已擲交，專此即請
撰安不一　　弟作再拜　百夕

孟蘋吾兄有道：前日寄一書并另寄北硼集二冊，想達
左右覽。昨從有竹翻出甚好翁也。昨有唐元書之子持其家藏汲古閣舊
藏宋元七十家詞殘本，命售于弟。其書中未見過四冊，確是毛藏，又有季
氏校手補之頁，但索價奇昂，弟告以此價不能以聞。又當作書告以
貴此書身可議價耳。弟以作復方至北京再為商耳。又有清者有
令親陸君來書謂集有明呂紀畫百鳥大幅，確為真者，兄姚文勇但知文勇書畫
見讀。弟為之鑒定估價故說弟求。弟為之地，其畫不偽，但索三百金，未免昂
求。弟為之斟酌成全之為感。專此佈復，即請
撰安不一　　弟作拜啟　廿八
廣文閣書來單三紙附呈。此書因嘉靖三本書致弟，今經手價值高，
所估太高，森玉說不值此價，弟則全係應酬情耳。其價至善本不過
又申

孟蘋吾兄有道前上一書想達
左右辰維
起居多勝為頌此間氣候較南方為熱連日得雨乃覺清快節
前尚須赴天津一行後恐常須入直乃無暇也 擬奏 雪堂一序已
代撰就後由其改定數語 大序屢擬增改苦無善語即此已妥
再加改為蛇足矣
不意如何 孟劬于廿八日南下其之房屋現向南北長街覓之則尚
未入甚不便利其地租價亦不甚昂車輛再向徵門內尋訪非日
登察羅列十二時茲謹序安靜以常但改來所不能免耳 兩集
序跋成後便乃印裝用黃色者但須二部其餘不急也 淞未先生前
祈代為道謝餘俟續陳專肅敬請
撰安不一 國維再拜 廿八日
雅初先生前均此不另

孟蘋吾兄有道前奉
惠書敬悉一切比想
貴體早已康復為念弟於十六日已遷至後門內織染局十號
新租之屋共屋二十間上房及箱均甚高敞現在家眷未來即
以正屋作起坐及客廳因於消夏為宜也北方所見金石極
多奇品惟書籍則不多見昨在隆福寺文奎堂見一部桂坡館
活字本顏魯公集書品不甚佳價須五百元又於一家見一明仿宋
徐節孝集價三百元其貴因與上海相等故於前日因便道往訪

上海錦雲堂製

未值尚未歸也 敝集已印就 深拜
嘉惠 古老校詞圖卷仍在篋中 亦言引首早已題就 閔印丞
近益貧病 恐不能徵此卷 故未敢送去 觀先請 强老題詩 請
一閱 古老前 承為彥父新屋改檢理書籍三日乃畢 鄴居西
鄦漁藏善通書頗多一瓶了借取較滬上為便也 古肅致請
道安 不一 弟作彬首 廿日夕
承師政治處中 診安 本面一切如常 叔念念 閔
雅初先生前均此

孟蘋吾兄先生執事 前上一緘想達
左右 頃維
起居多勝為頌 前月移居 因將 尊藏明人題畫排比一過
兩尚有二三十種為千頃堂書目 新安黄人試不易考文並法位置
尊藏如有明進士題名錄 擬移過 如題名錄要者 則可用千
頃堂目例附於每朝後 如此書請與拙集一同寄來
公暇時想不北上 為之 肅致請
撰安 不一 弟維再拜 六月初六日

出山 左為 之最 故人者 雪堂 所藏 記撫

孟蘋吾兄先生有道：前日接

手書，敬悉一切。刻書之事進行至速，極為所快。說文解字（陸氏所藏）即頁

刻，程本雖係剜改字甚多，亦為善本。陸氏藏本亦南渡末年所

刊，至元時尚增板印行，故別本存於江浙行省十行字體本全身

知此板至元時尚印行也。聞商務館印此書題為北宋本，實大誤。

現既有有印本行世，則作他書亦能選二十種時再刻無妨也。

尊藏諸書中可刊者，除已寫樣數種外，中興館閣錄、續錄二書當

在必刻之列。[illegible]世圖譜雖非全帙，而以大典本（本）首有附刻，亦以此

人間孤本也。影宋本中則諸王易傳、營造法式此類之書皆可刊。此

數種郡縣類大觀外，以書名宋字滿二十種之刻書題跋（[illegible]）[illegible]

藏書志原跋稍加修改甚易，之當陸續為之，此藏書志跋請

不時稱說之語，將隨筆記出，以寄於閱之可也。孟功處

首本通志傳十元集所時已寄其定，尊處類刊以作請（[illegible]）送五十元

至冠歸坊華叢數稱可陸據此收為成書此餘請

撰安　不一

弟　國維頓首

十九日

上海錦雲堂製

孟蘋吾兄先生有道：悟本

手書，敬悉一切。越書並今日始入藏家之眼，殊可喜也。年譜敦本

知所以左傳八行十六字本，猶是五代北宋舊本，當大字本從漢

書出耳。又所藏殘葉同此，聞首一冊係初刊本，白氏六帖

殿存錄，藏本乃善全體，世間惟有（補）鈔本數葉，乃係是樓（葉）

本，需價四千元，乃今年所出第一宋本也。此書如未見，祈閱

實沈庵及緣森之言之，當不謬也。刻書精進，所快無似。瞿

首擬之並隨書寄出，亦視時勢如何為定。方體字叢書擬刊若

干種，祈先（閱滬陽書）寄示及當行寄補目中，先閱一單寄呈。孟功處

八十元，存送到。（[illegible]）餘送章臺趙以同陸致，如收如存，明日

此間大熱，開熱開西為有數十之高。顓故請

撰安

弟　國維頓首

十九日

上海錦雲堂製

孟蘋吾兄先生有道前寄一書想達
左右比維
起居多勝為頌今歲江北秋收想尚不惡 公之心緒當可稍舒現刻書
事想進行甚速此間天氣已涼現定每六日入 內一次他無所事故往
往有三日不出若出御不見有甚成績也弟之文集不知此月能印成否
翰怡下月進京或能帶來否 援經借弟之盛刻韓劉 初集因並未遺
史仍在其手請 轉告請其檢出送至 出處請與文集寄 一同寄下為感
函妙寶八十元不知已遠至 寄處否 因集此月到京否知碑蛋現在本
直省諸知了說年內想必無事 可北行 懇未悉果 孫書前需酒恩以
今年情形觀之似確有息意不知價值如何耳 聞報如 昌老壽辰甚想聞
西不可不熱鬧一次也專肅敬請
撰安不一 弟作楫頓首 十六日
又書目大致已修改完竣惟宋元本諸種前在滬本上已改一遍須兩年
參合因將來可將他本形改者錄入稿本乃完全耳 又申

孟蘋吾兄有道昨接 二十日書致悉一切張鈞代收交感荷感荷 白
帖事今日赴琉璃廠詢文友云沈氏已得又聞其亦此書出自鄉間
現有傳在廠中萬不能購得此數書奏京師圖書館因教部嚴
閩門工已數閱月前月有外國友人欲抄一書虞經同津北硎集事
當即托函詢徐森玉知該館有人照 抄 依得其回信如何
奉聞免致空寄一次也兹聞弟將來未知確否此間天氣
已寒今日小雨路有雪意尚致 援經一函請
轉致為荷 北游已定否專肅敬請
撰安不一 弟作楫頓首 廿六日

孟蘋吾兄執事：昨接

快信并《觀堂集林》一部，敬悉一切。《集林》誤（已函敏一通）字雖發見數處，然比較尚不為多，世無不誤之書，即此已為審慎矣。江浙空氣甚惡，此亦不敢遠發，果爾則全國皆被牽動，不致止東南一隅也。弟此間僻入，因上面念寒儒之寒，脩薪雖支，但仍按月給薪。秋冬間因置備家具冬衣，數頗踴躍，而溫然年底卻無欠帳，賴可以度歲。滬上朋友小兒學費，已不能為布置。

盛意殷拳，至為感感。明歲如值缺之，當奉告也。此間坊肆言況帖白帖上舊諸滬上得五千元，不知信否？惟然雖潘刷訂，思未必能出此價也。富晉事當即詢問此人，於生意甚為已佳，如果滬上有數家歸渠書，言即親至滬接洽，恐為甚願也。（為雪堂長事累，書親至東洋）專覆，即請

撰安不一

弟維頓首　廿四日

孟蘋吾兄：前日覆一函，想達

左右。富晉寄售書籍事已打聽明白，雪堂處寄售皆作七折計，售算閣首一二書作八折算者是，折扣不為不大，惟歸帳須用而佳。雪堂每二三月與結帳一次，其不應者即每月一結（惟運費歸何處開銷，並未曾問及，明日當再詢之）。不可不知。到手，謹以奉聞也。同並前日之接洽也，專此即請

撰安不一

弟維頓首　廿二日

再《集林》一書，滬上須送者皆已為送之，似不另開送，惟送外國者則送伯希和一部，請託巴黎公司轉致，其餘諸使節者即約需三十五部，均用宮紙者可也。此事累兄太甚，心甚不安。諸俟面謝。又申。

孟蘋吾兄有道：昨晚接廿日手書，敬悉一切。興業之書，年內想可送到。紙張寬大者見賜四部之多，弟擬留一部，以一部為兄贈雪堂，餘二部置弟處。於兄有所遺，當為代致。弟處贈人皆用官堆紙者。二傳均不甚知書之裝潢，故用者通品也。昨日遇王富晉，已以八折與言，伊而應允。但前晚沈姑家祭書之集，森玉言熟人中乃往以八折先售，則數十部不難，即售兄書，付撥此事託森玉、姑平北京社會，森玉最熟。一大學則……減而購者，得便宜。此數十部既報布在外，則……自有起色矣。日前晚沈姑家所見書目，所藏王刻……廣書分數而不合人當循。是北宋主刊本之撫州本春秋經傳集解，篆佳，白帖例在沈姑處，則外人言其舊出者論也。歲事想忙甚。……目校沅姑所藏水經注，丙種潜夫校本（弟只存十卷許），並以知又又大典本乃全自宋刊本錄出，所有異同，特筆誤耳。宋本卅二大卷中僅存七卷，即大典之所貴矣。不無手宋本矣。寸肅，致請撰安，不一。

弟沅頓首

孟蘋吾兄有道：獻歲發春，敬維起居多勝，潭第迎祥，當如遥頌。除夕興業送來黃綾裱集林一部，特別放大四部，又毛邊紙三十部，均收到無誤。前此仰先帶來者頗多污損，（幸四十部以作贈品居多）以污損者贈不甚講究。書本之友此次帶來者皆完好不污，待與森玉、姑平接洽，以並（沽銷若干）季美書到亦（達中）身文富晉乃也。江浙間墓薦撈報紙所言似仍不能解，不知春間雜無事否。兄春間恐尚不能北來，兄之書目……侯兄去冬至都面晏。兄如有妥便可寄望，不知……成行否。叙世兄書興悟在初春而志甘日，兄想與居……均得大當而京師不多，今日有雪亦止已，在春……乃於……年安，並賀新禧，不一。

弟國維再拜

年初百

新鄭虎符文

孟蘋吾兄有道昨接
手書敬悉一切前日寄之一書而想達　左右矣　弟前聞寄存贈書尚未知
此書數本須於此月之錢今擬先擇最要者贈送大約百二十部乃敷分
贈而以內廷同事最占多數也若單列於虞方堂重複之[?]窯目下書籍
集仰先處者未送到之際當交富晉與查取耳　兄示富晉[?]與大府至
為荷之書此即請
撰安　弟維頓首
十二日

陸斑庵　朱艾卿　莊士敦　紹越千　耆壽民　寶瑞臣　葉鉢樵　袁珏生　朱聘之
楊子勤　景朗九　溫毅夫　北書局　徐森玉　今西龍 日人　衛禮賢 德人　伊鳳閣 俄人　柯鳳生　金息侯

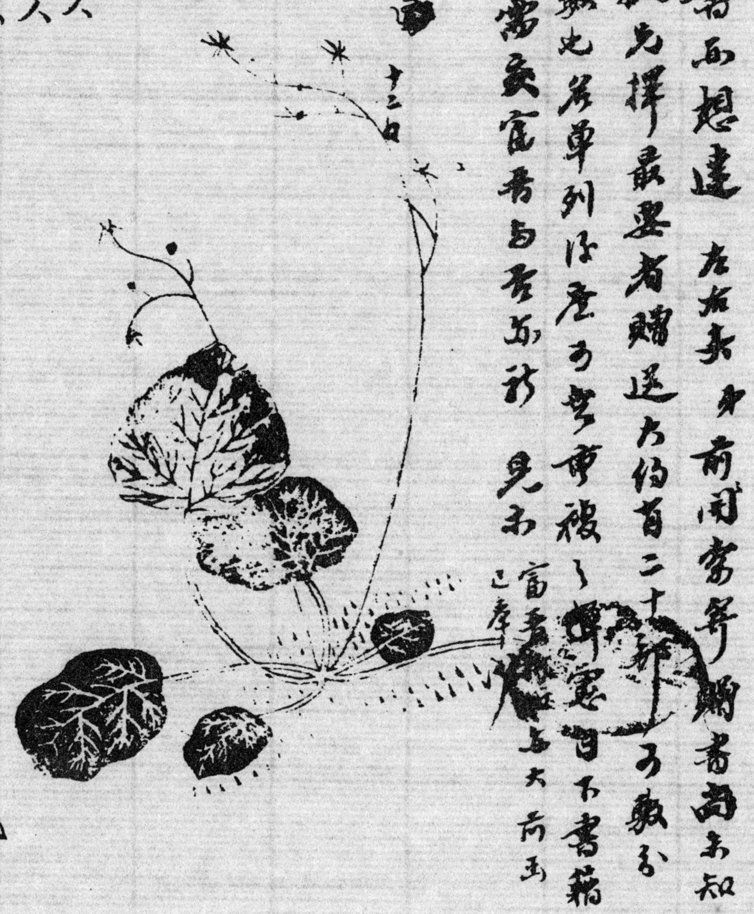

孟蘋吾兄有道前寄二書想達
左右前日由仰先處送來觀堂集林白紙十二部官堆紙二十四部已如
數收到內弟擬贈人者約黃紙二十部其餘當再聞富晉以改以八
折歸帳當即付伊出售也大學研究所非賣本自本
此書者均喜官堆及於故宮大雲書中皆真八折者銷數甚滯擬請一兩撥還不知伊書如何無法也
似亦可銷數十部　弟前有二部寄日本內藤教授
此二部便可作廣倉贈書之事屋罗吾兄感謝無盡黃陵稿若不
知何時殺成或已成請由郵寄下主蘭敬請
撰安　弟維再拜
十七日

新郪虎符文

壺蘋吾兄有道：前奉
手書，敬悉一切。封面四種，學堂叢書交去；殘本蠹存交嘉林書（批三十）
六部，已由興業送到富晉，前次未取書，故亦不發。催之，十日前已自來取去十
部，將來擬再交友數部佳之。因各家所寄多異之，所刻叢書自以分
數部為是。劍小慈易銷，積餘所刻各書銷路不悉何如，好也。
在人所為文化事業，彼邦在人所發身為之幫助，此間大學中人亦有其意推
在其西此間研究所主任……兄……事則另不願為
所濡染，故一切置諸不問……
究看物有包攬之意，亦互相……詞，觀北大与研
攬之不妥，將來搖是兼容私說。兄言甚是，但任其……人談論，亦知包
已辭其脩，而尚掛一空名，要以達近之間，爰云最多也。此間春後多風少雨，而寒氣
未退，江南將謂以耐小為歎。史書商敬請
撰安不一
弟作揖首
五月三

壺蘋吾兄有道：前日得
手教，敬悉一切。沈典商已南行，收文彙引首未能交之，帶上。
刊書至遲甚為忻快，面葉簽題乞將書名尺寸開示（弟章草
寫忘機字體，應勁如以……）。殘老……當為篋盦索，嘉林共收到
五批，計仰先帶來白紙十二……經廿四部，學堂叢書來當報十二部，
又十八部，涵清十八部，新之三十六部，共刻……之百部。
公西所云首印六部，……所帶下以……部，此批計未到。
之不知其與錢新之所……亡。東雪翁
而為威以上陳平送人廿三部，外又交大學講五部，及易經一部（白紙），
外現存七十一部，而富晉不來取書，大學所需聞亦未到十部。
北方疲銷如此，不知南方何如？現擬以一二十部由學堂負責（天津）託銷。
（附）由天津新聞一書去意，……未聞門而寄之，其出不可也，不知結果如何。

聞此間出一宋秀集甚佳有作篇之書聞某天津四千二百元得了又書經典祥
文等出 況地到滬當已有所聞矣弟肅致請
撰安 五之
弟作彬頓首 月十九日

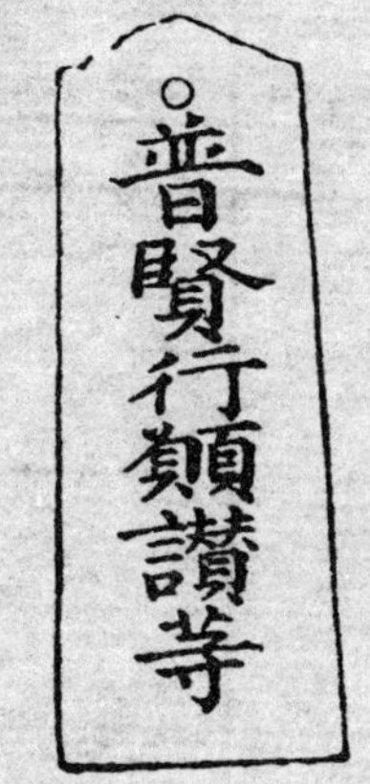

唐人經籤蓋繫於經帙之耑者刻堅木為之字以金塗得之海東雪翁手橅並記

孟蘋吾兄有道 前奉書想達 左右 雪堂所書封面前由致 數揆
兄書中附上想已收到矣 殘老所書亦於昨日交来 其雪巖吟
甲寅入冬 兄原以誤書卷字未據書目所錄改正但不知是篆是隸何之一捺
草雪字誤書靈字 茲將其改書又復誤 時日或請 於木允募
書一字 較爲簡捷也 屬似奉呈 請 察收 或
霸陵過氏誦芬齋舊藏吳蹇齋
鈕
何請寄来可
也 此外集林又付天津十二部 當晉處取去市新得之將近一月尚未
續來 取書則 所餘
撰安 弟作彬頓首 十九日

關中今歸皖中徐氏積學齋庚申仲冬雪翁橅並記

孟蘋吾兄有道：前寄一書并陸殘老所書封面，想達
左右。辰作
起居多勝為頌。某集求大學所臣截至陽歷（冒）霸陵過氏已售去二十部，
其十八部（共二部係六書為未收者）已價已於昨日送來（共百十六元，以四部留作十六部），實縣寇尊齋處。
以如月內來都，則可以匯寄矣。……許 中丞轉存通寄朱黃
臨本西幅屬題，中以……右著偈鶻題合錦以添而所畫者
保福祿長春壽者作……為那真（皖中徐氏）
其及收不曾見之，原以為如何，果不知畫以神（積學齋，申仲冬雪）款取之，或不致誤。
北京某事會四月日開，據訊在都，不知所覆（撫並記）也，其一時不
能來，則文西引首請其常滬以寄南印，請
撰安不一。
弟作頓首
三日

孟蘋吾兄有道：前晚奉
手書，敬悉一切。忘檝集封面大小請再畫一紙（前紙畫格狀綫，殘老寫必三處有誤），請殘老書來不
難，特須需時日耳（至不過二十日）。須星室做多事，海藏於事興函荐減裂，與前此之因循腐敗
者正各趨一極端，可慮之至。此數月中心緒至為不安，並要補救之法如何？前此校
書三日一值，五午後二時始出，自本月起校書事畢，改為七日一直，正午即出（十一直日）。
正值是期，此外非有他事不入之。明春來京寓何處？自滬上一別，不覺一年。
將有一月而過，快何如之。此通函幅屬交黃潮初，但不知其人已回否，思仍從初。
第四七卌幅，印係光緒中葉士人取去，黃君見贈，故填一款，以贈同時人者，其款字可驗也。
君來京寓何處，書覆敬請
撰安不一。
弟作頓首
廿三日

孟蘋吾兄有道：前上一書想達。

左右敬佩

起居佳勝為頌。某林大學研究所已取去廿五部（唐人經），首廣告在大學日刊中，取去已半月許，（於經帙）傳是銷數無多，而不見甚佳。富晉齋函係取書，上月下旬又來書函告，西至今似未來取書，盡是視為新聞，不必由其處之矣。（不百佛刻堅本）日此月首八部，說不知確否。承寄得之海水經注六冊，未前歲所校為背錄，海如墨雪翁手撫並於口，請于行篋中檢來，以供再校，幸甚幸甚。記

今日始寫近歲寫七八日

著安。

弟維頓首

初七日

教務先生期憶在此日竟將日本忠節撰製一小冊奉覽，除談公函中應有來翁帖案上所成博議，昔當竟舊紙書多此冊亦不能遲，又吉祖乎日五月照抄此之甲

孟蘋吾兄有道：前歲曾上一緘想達。

左右辰佳

起居多勝為頌。所著十八部（長沙）業已寄到，觀已有六十部，在右林日下擬即以其新史富晉，其大學寄售（由研究所寄售，不經店書部）於即日來取，就以奉聞。滬上銷數如何？今日始說悉知，今年底得諸物由湖州圖書館轉告者，前此竟無知者，殊不異之事乃寄銜

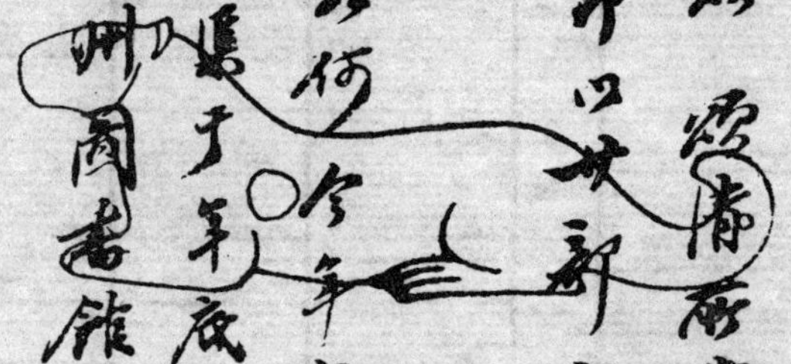

撫 秦 虎 符 文

著安不一

弟維頓首

十七日夜

孟嶺吾兄有道：數月以來憂惶忙迫，殆無可語。直至上月始得休息。現主人在津，進退維谷，所不足者錢耳。然困窮至此，而中间派别意見排擠傾軋，乃亦与平時無異。故弟於上月中已決就清華學校之聘，全家亦擬遷往清華園，離此人海，計亦良得。數月不親書卷，直覺心思散漫，會須收召魂魄，重理舊業耳。滬上諸老想均安善。病老在津曾談數次，聞尚須有西陵之行方南返耳。古老、孟劬等須常晤，祈以此書示之。弟月内擬遷居，屆時再有書奉聞也。兄今歲春夏閒想必有北行，企叢接辰，不甚需時日否？專肅，敬請撰安。不一。

弟維頓首

三月一日

數日未晤甚念天氣炎熱午後逕不敢外出 兄擬為首數日內留宕
再之談 書目二大包奉上 又進士題名碑錄十冊 魏三體石經拓本六（此稿是去秋拓本近拓甚多已有）
（振字）張奉元 鄭深外口 古老枝祠圖卷 鄧卿秋雷圖卷請
弟隨分別仿友兩揚子勸兄託弟代一擬布包一千五元
弟覽
神交感甚肩請談此上可請
孟蘋吾兄暑安 中維彬首

孟蘋吾兄有道別後忽忽不覺二旬殊維
安抵滬江
起居多勝為頌此間自 兄行後又大雨數次永定河又決
東城鐵路經竭力搶護未必能保無事沿鐵路一帶自黃村
至北倉均望皆水津南尤甚津埠危甚而吾浙乃以旱
災告聞江浙間又將有事果爾則北方亦將為牽動不知
浙事能消弭否滬上諸友想均已晤見前託弟諸
件費 神至感 雪巖吟草一跋此次 兄弟去之目業

加修改但尚須請
敦孫兄將宋本与潘氏所鈔三卷本
一校篇數多寡（否則將鈔本目錄寫示亦可）而乃可定稿专肅敬請
撰安 弟惟楨首 十二日

孟蘋吾兄有道 別後忽忽兩月敬維
起居佳勝為頌 近聞貿遷有意外事未識容易措注否妥
心任運不動天君是處困第一善法亮
兄必能得此訣也 此間節事亦多波瀾 正与海上相等 集林匡
價至節边止得七十六元 如需此款可由郵局匯奉 哈園欲延 雪
老月奉百元 弟兩次致書未得其覆未審何故 如晤 古老請 詢
之專肅敬請
撰安 弟一 弟惟楨首 二十日

孟蘋吾兄先生有道奉
復書敬悉一切比維
起居休暢為頌弟定於廿五日移居清華園、中房屋
不及城內寬暢且兩所隔離相去逾百步然別無他屋
可覓祇得暫行敷衍校中事弟提議先多購置書籍然
每歲僅能購萬元而預算尚未定然在京校中已算第一
有力矣手肅即請
撰安不一

弟維頓首

廿日

孟蘋吾兄有道不通書問又兩月餘比維
起居多勝為頌滬事近今想尚未有眉目此次罷市商家損
丁在君在報上發表稍穩健說已為激烈派所集矢
失不少但該處不釀大亂已為幸矣 觀堂集林售價已收到二百
有零此間有大陸銀行代收寄郵局亦便其款由大陸匯奉抑
由郵局轉寄請 示知為荷 弟自郊居進城極少每月不過
一二次近作長春真人西遊記注大概可以脫稿名唯有書須查字稿為
待數月也 古老北來閒入都數日事後乃知之不及往談比於月中
旬赴津則已行矣天氣漸熱 兄暫時想不北來四月中在津

晤叔君渠時由滬歸，說
兄興會甚佳，至以爲慰。專肅，敬請
撰安不一。　弟維頓首
五月三十日

孟蘋吾兄有道：奉
復書敬悉
近狀甚慰。風潮事此間亦知，不有主者，來日大難，誠如
尊論。此間書籍號稱五萬冊，然用時甚感缺乏，舉如遺山
詩箋注，弟本有之，近年爲小兒取去；陸放翁閱青安之校本，則無
有也。此外餘欲查之書，大率類是，即此可想。
兄重刻遺山詩注甚善。尊跋當代作，亦不需施傳也。觀堂
集林價二百圓（收到者共二百〇四元，此次匯費二元），日內即由大陸銀行匯上。到

以請賜
復為荷。此書尚存數十部，（白紙每本三四次用，包每乃發見之）尚望敷分半
銷售之為禱。敬請
撰安　不備　杉首　十一日

孟蘋吾兄有道：前寄一書并元詩箋跋，亮達
左右。辰維
起居多勝為頌。此間自從大雨時行，順直一帶被災頗重，天津
人事皆專為與良民為難，不知如何了了。前日在津聞雪堂
言，陶蘭泉之兄月如之刻洪武本輟耕錄，尚欲盡刊陶南村之書，
其書史會要一種，係借雪堂所藏洪武刊本付刊，而刊本缺首
三卷，知
兄有影鈔本，擬借

鄞縣本補此三卷，陶氏雖已刻於四庫本，實則不可用也。如荷

允許，即請

徑寄天津法租界三十一號路第一號雪堂處為感。專此奉陳，敬請

撰安不一

弟維頓首

廿日

新年往謁彼此相左甚悵頃奉
手教并
賜隨庵四種并徐公文集拜謝〻〻昆明門天主象再奉上三紙
又切韻印本一冊請　轉交劉世兄此書係北京大學友人〻〻屬印
作霞傳首五十本已分送盡此非賣品恐將來不易得也專此奉
謝再圖良晤敬請
積餘先生大人道安
國維再拜

隨庵先生大人執事昨蒙
頒賜　尊藏彝器拓本急讀一過實饜之精為今日藏家之最欽
佩無似近數年思集金文拓本所得無多一旦得此多珍遂如貧
兒暴富何幸如之敬謝〻〻　尊撰吉金圖共分幾卷冠以何名
附釋文否均請見　示昨晚興發已將序文草就尚待潤色書若卷
數均需敘入也維本不善書而尤畏宣紙如需錄稿擬以日本皮紙書
之何如付印時或請他人書尤善專肅敬請
撰安不一　國維再拜　廿七日午
尊藏衛將軍一器觀其形制不類師比似與千金氏上方故治諸器同一種頗是奇品也請　教之

久不作詩，筆意枯澀，勘書圖草草題就一絕，欲效蘇
堪詩意而語意未能明了，甚不慊於心，有污尊卷，且恐且愧。
茲將原圖呈上，祈
察收為荷。專肅，敬請
積餘先生大人道安。
晚弟國維再拜
新歲忌易新甲子圖中何題丁乙，殊可笑之。又申

積餘先生大人有道：昨日誨談，深慰積愫。晚蒙
枉顧，又
賜尊刊積學齋叢書，祇領謝謝。錢氏方言箋疏略讀一過，近校讀方言於
戴、盧二家外頗有小得，為錢氏所已舉者亦多有之，承
惠此書，深濟其需用，專謁謝，祇請
道安，不具。
國維再拜 十月初八日

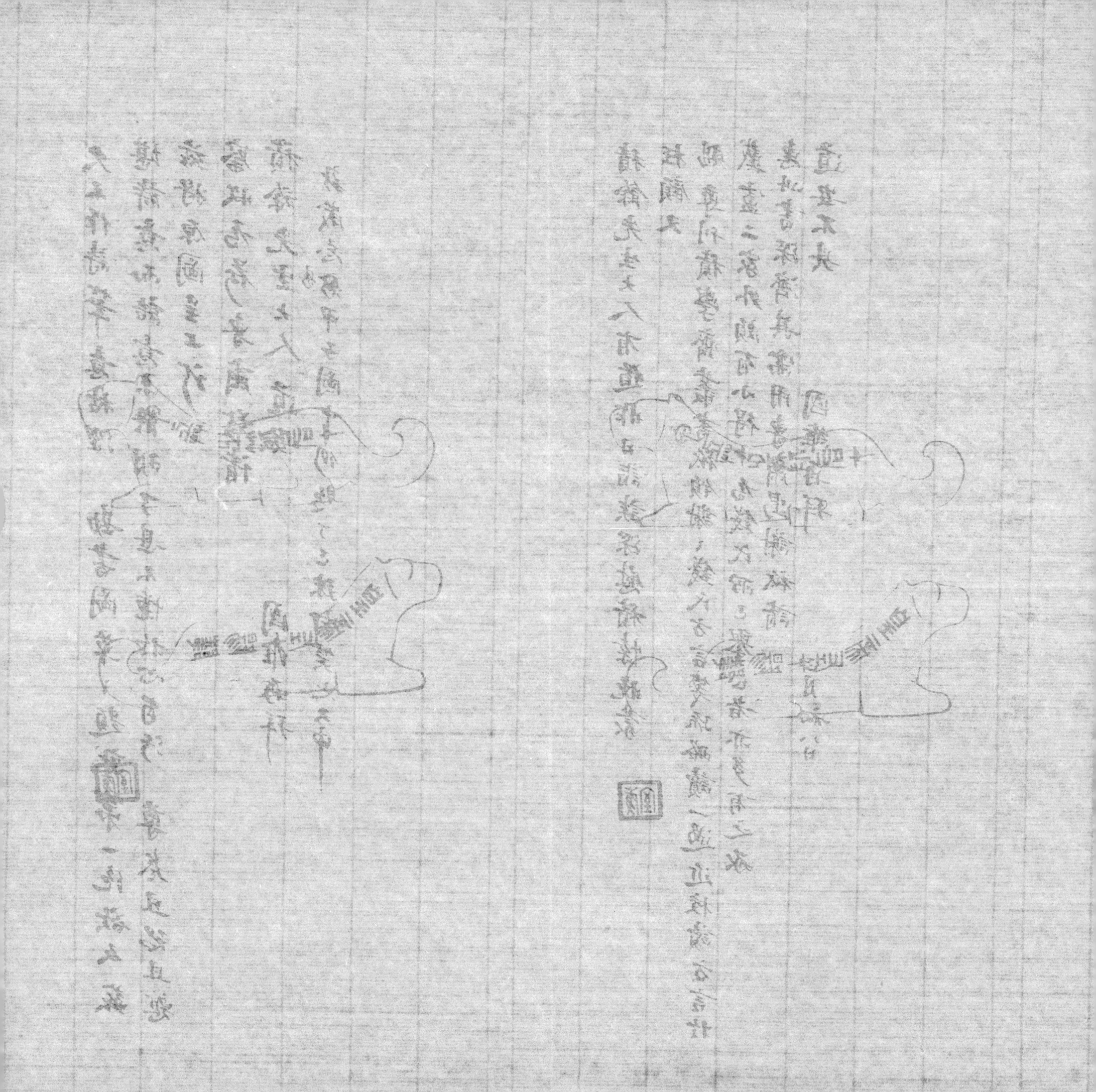

積餘先生大人執事久未奉
教敬維
起居多祉為頌敬啓者頃有日本友人富岡君撝名謙藏日本京都大學講師游
歷來滬風聞
收藏之富擬詣　前一觀富岡君在古鏡甚有研究所收藏亦不少擬盡覽
尊藏古鏡其餘金石古籍為所嗜者亦請檢示種了捡尋着若干件拜
言參事首示介紹附呈　左右如蒙允諾請示日期當偕富岡君造
謁專肅敬請
道安不一

王國維再拜 [illegible]　廿四日 [觀堂]

再劉聚翁已未歸滬請　見示因富岡君欲訪　張翁均也又甲　四宋請寄其通蹟異勝甲錢之予

[illegible]

前日奉詣適值　公出為悵建康志并　尊藏兮甲拓本冊
想已　登入冊中錄倒者共百餘片　尊冊亦非刻錄似為
乃揭去重裝不甚費事也　尊藏兮甲拓本昨始見之
尊函言前以　雪堂選餘之本贈　作者殆誤憶也　雪堂近得
一楚鐘形在句鑃與鐸之間其銘半泐可讀者皆四字韻語頗
為新出諸器中所僅見近見有佳品否　石銘藏器拓本如
暇時乞　一借之讀　神甚感幸肅此請
隨庵先生大人撰安
國維再拜　十日夜

前日

屬題秦公敦拓本正欲濡毫苦無下筆之處因此拓付裝時文字

必作三層分列全形拓本之上方已不能容若分裝兩幅以文字爲一幅

器形爲一幅則器之上方

字並此裝法亦甚合宜最好

付裝後再題則器形之[illegible]題字之位[illegible]

尊意如何之

示復肅敬請

隨庵先生大人撰安

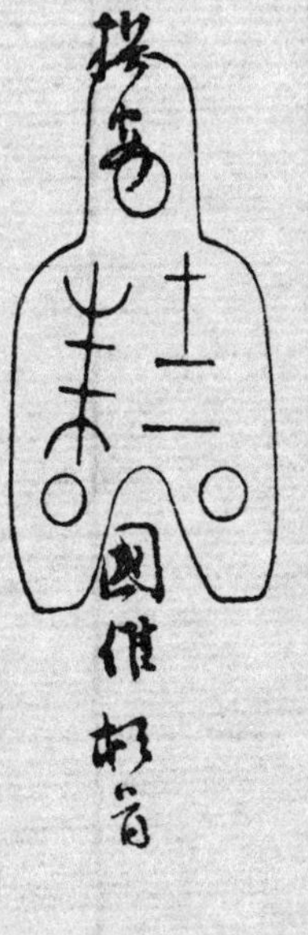

國維頓首

圓足幣文曰郢[illegible]十二朱今歸美國雪翁據墨本手摹並記

隨庵先生大人有道瀕行既辱

盛餞又蒙 猶送感謝無既 維別後于十三日抵津十六日入都

二十日謝 恩到差訖現暫寓司法部街東華銀行現在不必每

日入直須俟四人齊至入直而後始忙于酬應惟不甚有見聞所

知者洛陽新出魏石經甚多除三大塊外尚有小塊無數又出一字

石經（論語）一小塊而有相似者數小塊亦似漢石經此近來一最快意事也

專肅鳴謝餘俟續陳敬請

道安不一 國維再拜

廿四日

前在滬寄詞曲諸書之遺單，来取是幸。尊處所藏龍龕手鑑，近攷得係紹興明州刊本，因其刻工姓名与紹興十九年明州所刊徐公文集相同故也。此上，即詢

穀孫仁世兄台祺

弟維頓首　十六日早

前殷虛書契考釋一書，似尊處已攜還，而檢之未見，殆猶在王君潛靈耶？請示及。

多日未晤，甚念。天氣稍涼，得校手鑑一過，以傳本相勘，知卷二第一部手部傳本誤而殘本不誤者至二十餘字（為書僅七葉），他部可已。傳本訛字者若無脫稍是，且殘本字體朴勁，遠出傳本之上。而傳本浙江遞刻，自謂真不可解。其實殘本刊于南渡初年，傳本則南宋中葉以後江西福建刊本也。前寄集部早錄畢，請飭車換書為幸。此上，即詢

穀孫仁世兄台祺

弟維頓首　十四日

前書錄畢乞
飭車 換書篆圖互注礼記於撫州本上校一過乃
与嘉靖徐刻本大同蓋同出建大字本也专此敬問
穀孫仁世兄台祉 弟國維頓首 廿二日

久未晤面甚念
尊大人行程想已抵京師矣 弟處經部書業已錄畢望
飭車將史部書送下并將經部書取回至感 史部亦只一類有只
需首冊及尾冊者不知
尊大人已論及否如檢理為難則請 兄將部頭小者（如別史雜史
二類中多小部書）交下亦可专此即請
穀孫仁兄世大人台安 弟王國維頓首

正史諸部書寫錄已畢，此次書頗多，請先 飭車來取一半，大部分有數種尚待考究者，暫留敝齋，編年一類可便 擲下。又前錄部樂類中有鹿鳴鷹揚二曲、樂章一冊，因此尚有欲查之處，前誤交還，仍乞 擲下。因匝缺一枚，其中律呂二尺也，去寄印請

穀孫仁兄世大人著安

尊大人近有書否，日內想可抵滬

弟國維頓首 廿七日

前書錄畢，請 飭車換書。 尊大人春夏間曾收一南監本三國志，此書未曾入錄，又才因作陳仲魚所藏國志殘本跋語一篇考（南監本出于衢本，此本則頗似與北宋監本同），如易檢，請乞於此得交惠為荷，專此即詢

穀孫仁世兄近禔

弟國維再拜 廿四日

前書錄畢請 飭來丁換書為荷東朝崇養錄於一時掌故
所關甚鉅外間又無刊本乃不易得之書也此上即詢
穀孫仁世兄台祺
弟維頓首 十八日

手札並書收悉前書并一單帶還 尊扇當即書拙詞前
錄目一冊不過二十餘闋俟檢得即送此复即請
穀孫仁世兄台安
弟維頓首 十九日
元刊胡注通鑑宋本似亦有袁父等跋錄之目後次送
書請一檢交為荷

前所來書三單因酷熱停頓近日始錄畢乞　遣車取回
現在史部尚有地理職官目錄金石四類禪類數學其餘
應補之書雖不甚多矣目錄中並初堂書目一冊先行
擲下因弟別有所檢查處將之專此敬詢
敬頌仁世兄台祺
弟維頓首
廿八日早

類書一門錄畢乞　飭車換書為荷　三才廣志第二百三
十九卷是否撰人　按名題浙西吳珫編　後檢千頃堂書目知珫
字汝美長興人　此非為百著書此書為湖州人著述尤可喜也
帝王經世圖譜前日已交盛海衛帶專此即詢
敬頌仁世兄台祺
弟維頓首
初吉

龍復翔監製

手教并書收到前類書二單附上請
詧收家瑶安書肆 陳大外尚有白廟前尹家歡鼓樓陳家
中及下張家等陳大所刊說郛書亦不少也擇優録了數
今亦見耳 此後行請
韜孫仁世兄台祺
弟作雄首
十二日

龍復和監製

前書録畢天禎即行 鈞車 換書藏經數十種除船
來一冊是宋刊外餘皆元北藏也 曰兩冊首永樂中代州人印造牌子以是知之 寶顏録
二十卷初評其內容不類此細觀之乃影鈔之刊周學紀
而易其前尾 [illegible] 識乃異也方此即詢
韜孫仁世兄近祺
弟作雄首
廿日晨

龍復和監製

前書錄就，乞遣車換書。李賀歌詩編及小本蓮華經之交
尊公處。李賀詩用金本一勘，其與金本異同字十之八九皆係剜改，而金本
祖本係司馬溫公藏本，即此本未剜改本；此則經南渡後剜改之本，
其刊於北宋，即此可證。專此，即詢
穀孫仁世兄台禧
弟維頓首　五月望日

前書錄畢，乞飭車換書。追三日之力校
尊藏明鈔張說之文
集二十五卷，明鈔本佳甚。嘉靖刊本奪去二葉，又卷二十三內
奪文一篇，又脫落一行者數十處，改正刊本誤字甚多，不能悉
計，可謂最善本矣。四部叢刊本所附校記乃據傅沅
叔所藏汪小米臨黃校本錄出，僅十前卷有校，任意塗之，
且所錄疏忽尤可異也。此上，即詢
穀孫仁世兄台禧
弟維啓　初吉

前日送来

尊石手影之鹤山大全集二函五十一本三册本四函乞将二四两函
一并送下以便与活字本及嘉靖本一勘内容为荷其忘檄写
与刘寒馥诸君缮毕前日已寄至威海卫路请 令妹收集书
册即询

教祺 仁世兄台祺 弟张彬首 十九日

尊处有明潘是仁所刊宋元名家集否其中有宋端之集三卷其中一
卷疑是忠檄写西楼集乃第二卷 弟意此必不知究竟孰为及

敬启 仁世兄左右顷奉
书并拓本敬悉一切拓本中二钟一鼎一敦盏与建初尺
並非真品惟高甚精手牌亦罕见无铭之尺与北汉尺点
六七分疑是六朝物或唐之小尺此物甚可珍重 弟此
数月来日在忧患中亦毫无所见秋冬间检理内府铜
器末年而难作暖阁仍中人於坤宁宫检得王莽嘉量一具石
斛斗升合龠皆具与汉书律历志所载者同马姓平印
撰此作刘款铜斛尺并印款推之作清志十五种尺同

原拓甚完好惟鋼銘詞稍模糊弟亦不思往觀之
尊處舊集拓本影陰已繳　尊君外　敝處尚存八九十元其餘
尚未繳來不知年來尚能繳若干今年不及匯寄矣專此
即頌
起居不具
尊大人前乞代問安
弟國作頓首
廿日

穀孫仁世兄左右前得
手書快慰無似比想
為學日益為頌　敬氏璽在一湘人處　弟在滬時有人約往觀後卒不
果唯聞即係沈文達微遺物三十年前在揚州以錢廿千買過
聞者從此乃為湘人游宦者所得其攜此璽也　抵直[illegible]此間無
書方刻並為沅叔所得書肆不願與之[illegible]予頗所得
近禮不一　弟作移啓
廿日

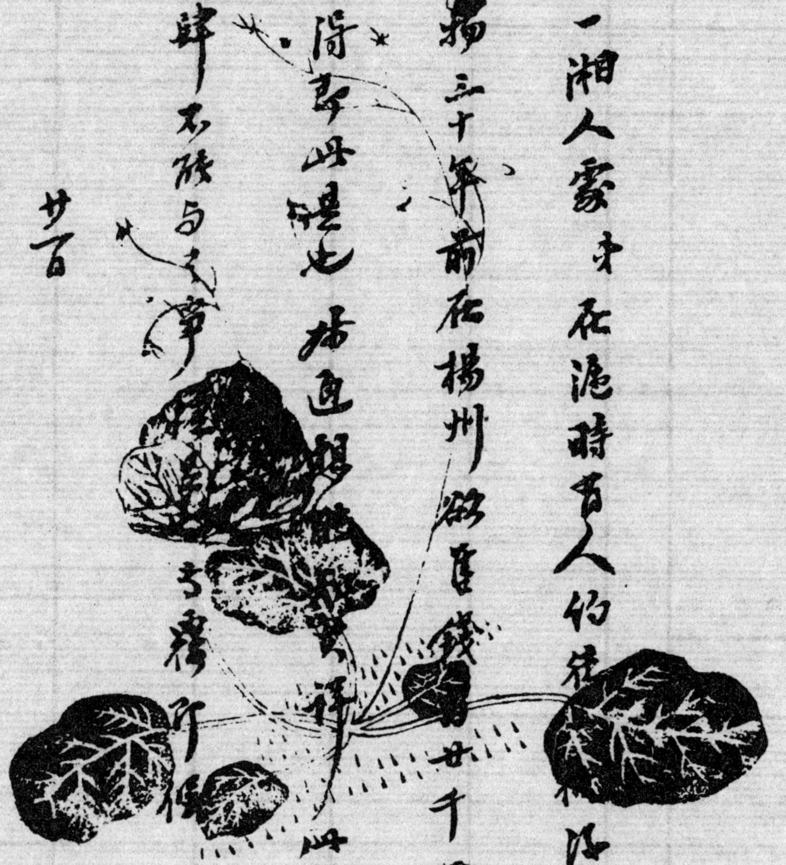

穀孫仁世兄閣下前日得
手書并悉一切　金殘鈔板拓本謝〻此板最不知在何處今乃知尚在人間
也想得價不能甚貴然亦不得過賤也謂此說書中有數字寫壞將
刻字可以改善耶　亦所得書首葉祖德頌殘葉校霸遺氏文集殘齋所
藏殘者耶與　尊府所藏殘本同否今所得校本[illegible]是宋異同(?)
宋本全帙也同〻至惜　尊大人所藏代抄之封面中[illegible]之葉〻者能印
附寄奉上　張老尚未[illegible]歲闕中都[illegible]因地僻簡出
故所見古書古器無不甚[illegible]一殘宋本[illegible]并孫借去校
本曾借校一過因知　尊處所藏大典殘注即自[illegible]鈔出惟首二三
處不甚同者殆前此借校大典時猶促多所遺漏故有〻
備特此奉覆即候
近祺不一　弟作相首　首初六日

翁撫並記

穀孫仁世兄左右頃接
手書并諸拓本歡若晤對三復　書語爲之慨然前接
尊君復書已知此事頗未敢實無法以相慰藉故至今尚未作函今
晨適復覽前編書目草稿乃知再竭數十年之力未必能再得此數
然山河大地尚有變移不過當局者難以爲情耳　尊君意興蕭索
固可想而知前有　出遊之說不知果否目下收束後尚能自給否弟以爲
念　弟住此地當兵事之衝鄉間困苦不堪同惟未波及學校耳　鏤牙尺
雖是唐物其制度長短與日本正倉院所藏二尺一一相同不知上傳教

色否祈
示及向謂唐尺惟日本有之今乃見於中國至爲可喜每元二百文鈔板約賜
拓本又尊藏金鈔板之前曾蒙（廿一拜）賜拓本今檢不得請並
拓寄至爲感荷正倉院（牙）尺前在滬時曾托某君製錍板而遲遲未就今已（巳戌廿一）
（此事乞令姪知之）不可問矣前數日中托大陸銀行滙上某林貨價二百元不知此款滙到否（計祁）
即候
侍祺不一　弟作楨頓首　十月二十日

敷孫仁世兄閣下前日接　手書並賜拓本敬謝敬謝
尊公生辰祀是星月廿日詩久不作無以（爲）佳前日已作一文約七百餘
字已屬人至誠贈寫麗箋作一小卷或界朱絲闌擬用小字書
之此事想即可辦就即寫成即寄當可及廿日前寄到（到）前
年　尊公之都　某捉貨幣、抄（山）浙舊刊本考二冊交與孟劬
後孟劬來書云未收到此係浙江通志雜誌一門中稿近日（同）
金甸丞存外另寫中與孟劬陶抄存等未曾交卷此稿如未
交與孟劬請　檢出徑送金甸丞處　金住同夢塘家　不必由孟劬轉

交也。貴神猜於 趨庭時一詢之，并 復示為感。尊
藏諸大字首一最短之天地天花紋不數，宋以前物，未疑是
宋人所造。同天地古此印候
趨安
弟作楫首
六月十日

穀孫仁世兄左右：在滬快晤，深慰積思。弟於重陽日早動身，
十一日抵京，寓途中平安，可慰 遠注。徐氏印譜共書名已
定否？梯齋之名並籍貫並希見示，以序中需此也。序文
大致已就，尚未寫出，因弟今秋欲作一文論六國鉥印貨幣兵（與說文古文一家眷屬）
器陶器，並當時通行文字，可藉此序以發之。
尊公壽文十日內當可寫就，或與印譜序同寄也。專肅
印候
趨安不一
弟作楫首
十七日
趨庭時乞 致意為荷。

敦孫仁世兄左右：前寄一書想達
左右。印譜序已草就，並將油印本寄上（因此文有關係，故付油印以供諸生參攷）。
文字尚有冗長處，稍修改之，並將印譜名及徐君名加入。
用此序時印用排印為可，如需手寫，亦當另覓紙為書之。將來
仍望徐君以印本一部見賜也。原譜需寄滬或寄津，
請示及。前所示律琯拓本有翔而無干支，且建安元
年正漢室擾攘之際，似無暇為此事，益證其為贗品也。近日所
見所得否？日昨甫所藏漢尺已得拓本，袁玨生所藏
嘉靖牙尺甚精，今以拓本奉寄，即請
查收。書此即問
興居不一。弟國維頓首 廿三
尊大人前請致候

前函写就未（已）近一月本拟俟将

尊君寿序写好同时寄上而纸店界格属大错误至前日始界就

昨日写成并与印谱序（並附中国历代尺度考一篇）同挂号寄上请　察收　又前日与同研究院

学生（共廿二人）函致　弟　欲以特价购买观堂集林其意在以四元之价购（学生共四十余人其中有已购者有不购者故只致函此）

买一部　欲　弟函商　尊处　弟不便拒绝特为代达　兄否请

尊裁（並已婉覆）以便答知　此事　兄许则请函由　尊处（並请费神）二册一次以示为例　以免将来

麻烦　专此即候

近祺　　弟作新首　二十日

数孙仁世兄阁下前奉

夏书数卷一切清华研究院学生欲以廉价购观堂

集林事　兄许该生等甚为快感　所（院）

将该书径寄清华学校研究院办公室即由办公室收（大约每二部作一包每包邮费约二角其费即於书价四元外另加）

款付书款收齐后即径由该处汇交　尊处特此奉

闻即候

侍祉不一　　弟作新首　十一月七日

敬孫仁世兄左右頃接　手書敬承一是前寄

尊公壽序係於十三日由郵寄上（此印刷物掛號寄上）與致　尊公函同日所發不想

至今未到此紙本而未裝本擬摺疊封入函中乃因另寄恐至

今未到是爲歎恨今當將掛號單向郵局一查（尚未得覆）如竟失去當

另寫奉寄此當同鍾亮屬子疑因精神氣味均不甚佳可

以置之子此壽序即俟

台祺　弟張頓首

初七日

此書因大雨閣置篋中　因今日發見特更郵寄　十日

乃乾仁兄大人閣下：去歲於 積餘座中得領
教，益殊深欽佩。前日辱荷
寵招，極思奉陪清話，適 尊柬中未書時刻，弟以晚
往，遂至相左，殊爲歉然。 尊校藏書極富，聞目錄有印
本，意欲求 轉乞一冊如何？ 見賜請寄大通路吳興里
弟收可也。專肅，敬請
撰安。不一。 弟王國維頓首 十一日

前日邂逅，暢談深慰飢渴。頃接
手書并承 惠東湖日記，敬謝敬謝。專复，敬請
乃乾仁兄大人撰安 弟王國維頓首 廿六日

前承
顧訪暢談甚爲欽企委撰
尊輯金石叢書序頃始脫稿附呈請　答收叢書何時可出銷路
可望佳否如能廣續出書亦一大佳事也專肅敬請
乃乾仁兄大人冬安
弟王國維頓首
十月十八日

乃乾仁兄大人閣下昨損
手書并荷
惠贈明刊鄧析子并懷米山房吉金圖二種拜謝拜謝鄧析子恐傳世本
更無古於是者吉金圖前僅見日本翻刻本今始得見原本皆
閣下之賜也劉燕庭有清愛堂彝器款識法帖又曾刻版但所刻
器不多耳專此鳴謝敬頌
台安不一
弟王國維頓首
廿八日

雪翁橅

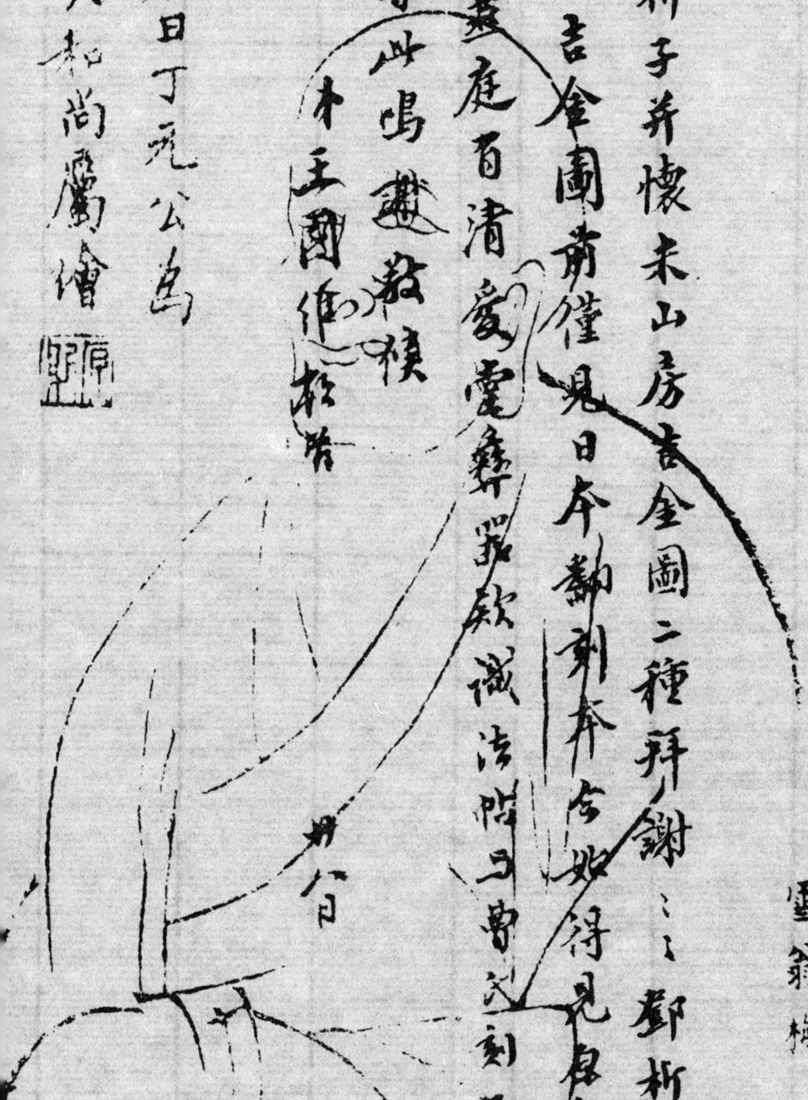

丁酉春日丁亮公爲
苦瓜大和尚寫像

乃乾仁兄大人閣下在滬既荷
盛餞復蒙
躬送感謝無既別後于十三日抵津十七日入都現暫寓司
法部街東華銀行將來尚須覓屋初至應酬稍忙尚未
能覽琉璃廠前日聞有　徐梧生師傅家有書出售友人往
視之則皆普通之書亦非徐氏物也專肅鳴謝敬請
撰安惟
照不宣
弟王國維頓首　廿四日

上海錦雲堂製

乃乾仁兄大人閣下昨晚接
手書并卷一切三字石經其行款有二種一為書首數碑作如字式皆每行七十四字（与漢
石經行款同）每碑約廿五六行又一種則每碑卅餘行每行六十字品字式現
所出已有六七十塊石經無盡禮篇合于舉閣讀皆舉閣讀之文而又有如說二字並列二字石則非品字式而与無逸多士君奭
二碑同式此如說二字或釋為于盡如衢及應旅賓說之如說二字以下款校之
却合如如說二字果作此經則以字數計之尚書首二碑為品字式第三
碑則從印改為三字直下式然此之種則數雖異而碑之高廣則同因品字式占
字數少故也承　開言字乃舉閣讀朕言惠可底行之言此碑當在今本十一字
而盡禮篇則古文形本無數而為計也弟于此碑新有考證約得三
十紙而尚未寫定當覓讀有所見故紙不能發表也此復即請
著安不一
弟維頓首　七月十八日
無逸君奭一石首末刊對於拓本尚書春秋外多一行此外尚多十餘字

中華書局

乃乾仁兄大人阁下：顷接
手书并《志》一册，展悉
起居多胜为颂。正始石经印成承
惠，谢谢。拙著《曲录》当时甚不完
备，后来又续此事，且不复修补。弟意此书听其自灭，至为佳事，
实不能再行翻印。
兄意欲觅曲而径行翻印，则不如往集平移之。今要兄欲印曲乎，
可取日本京都大学所刊元刊杂剧三十种放大印之，此书于戏前
戏曲即而未果，乃为子致一商也。宋有叙录一篇，其编次与后本不同，此
印时当检出奉寄，亦可附印。请
撰安。
弟国维顿首　四月廿七日

乃乾仁兄大人阁下：昨奉
手教并《志》一册。拙作《曲录》固不独遗漏孔多，
即作者姓名事实亦考证尚多，后来未能理会此事，今欲改为极不能
自行刊印。兄如能补遗正误，并将作者事实自行考证，则所
甚喜也。元杂剧叙录之纸，检出送上，请
察收。此文属草于乙卯，乃八年前作，亦不足存也。又蒙致，请
撰安。
弟维顿首　初十日
三字石经印本，敬谢谢。

乃乾仁兄大人閣下：前奉

手書，敬悉一切。人間詞話乃弟十四五年前之作，當時曾登國粹學報。

與鄧君如何約束，弟已忘却。現在翻印，鄧君想未必肯，他言但此

書弟亦無底稿，不知其中所言如何。請將原本寄來一閱，或有

所增刪，再由自行付印如何。伊若不由弟出名，亦不過他。此復即候

起居不一

弟維頓首　十日

乃乾仁兄左右：前日接

手書并人間詞話兩，敬悉一切。詞話有訛字已改正，另行寄上，

請

登入。但發行時請聲明係弟十五年前所作，今覺得

手稿因加標點印行云云為要。專此奉候

起居

弟維頓首　八月廿日

圖書在版編目（CIP）數據

觀堂遺墨：全2册 / 王國維著. -- 影印本. -- 上海：華東師範大學出版社, 2014.8

ISBN 978-7-5675-2515-3

Ⅰ. ①觀… Ⅱ. ①王… Ⅲ. ①漢字－法書－作品集－中國－近代 Ⅳ. ①J292.27

中國版本圖書館CIP數據核字(2014)第204787號

含珠閣出品

企　劃：鄢中華

特約策劃：黄曙輝

觀堂遺墨（一函两册）

出版　華東師範大學出版社

印刷 裝訂　江西含珠閣文化傳播有限公司（江西省鉛山縣工業園區八路）

用紙　鉛山連四紙

版次　二〇一四年十一月第一版第一次印刷

定價　肆佰捌拾圓

ISBN 978-7-5675-2515-3/J・227

ISBN 978-7-5675-2515-3/J・227